KB010302

이재명
아리랑

이재명
아리랑

초판 1쇄 인쇄 2021년 11월 17일
초판 1쇄 발행 2021년 11월 25일

지 은 이 김담휘
그　　림 김담휘
디 자 인 박애리
펴 낸 이 백승대
펴 낸 곳 매직하우스

출판등록 2007년 9월 27일 제313-2007-000193
주　　소 서울시 마포구 모래내로7길 38 서원빌딩 605호(성산동)
전　　화 02) 323-8921
팩　　스 02) 323-8920
이 메 일 magicsina@naver.com
I S B N 979-11-90822-19-0

*책값은 표지 뒤쪽에 있습니다.
*파본은 본사와 구입하신 서점에서 교환해드립니다.

ⓒ 김담휘 | 매직하우스
이 책은 저작권법에 따라 보호받는 저작물이므로 무단복제를 금지하며
이 책 내용의 전부 또는 일부를 이용하려면 반드시 저작권자와 매직하우스의 서면동의를 받아야 합니다.

이재명
아리랑

김담휘 시집

서시 序詩

니 눈물은
내가 닦아 줄끼다

애기야
내 새끼야
우예 견디노

니가 안 편하니
내 있는 이 나라도 온통 아프다

애기야
내 새끼야
니가 만든다는 대동세상은
내도 못 보고 왔네

와서 살펴보니
그리 몸부림치던 니가
옳구나고 생각든다

니가 어렸을 때 온갖 풍파 겪었고
그 난리 통에도 악착같이
목숨 붙들고 책을 보고
끝내는 하늘 동앗줄 부여잡고
그 자리까지 안올라갔나

재명아
내 새끼야
엄마는 잘 있다

니가 울 때마다
니 곁으로 가서
눈물 닦아주고 있다

애기야
니 맹크로 팔이 틀어진
어린 애기들, 새파란 젊은 아기들
속이 타들어가는 어른들이
들판 잡초만큼이나
많구나

그 바람부는 들판을 보는
니 심정을 이 애미가 안다

그러니
힘들 때는 고개들어
밤하늘을 봐라

내 있는 힘껏 빛을 내서
니를 비춰 줄꾸마

야야
북쪽별이
억수로 빛날 때는
애민 줄 알거라

재명아
니 눈물은 내가
닦아줄끼다

1부 이재명 아리랑

2부 대한민국 혁명하라

3부 촛불디딤혁명광시곡

4부 홍익인간 재세이화의 꽃

1부 이재명 아리랑

아리랑 아리랑 아라리오
이재명이 고개고개를 넘어넘어간다

명태 같은 재명

피가 되고 살이 되고
노래 되고 시가 되고
그대 너무 멋있어요
감사합니데이

창란젓, 명란젓, 아가미젓,
눈알은 안주, 괴기는 국, 기름은 약
하나 버릴 것 없는 명태같이
하나 버릴 것 없는 재명

촛불광장에서 장군이 되어서리
대동세상 꿈을 심었데이제이니
겨울에 눈맞아가며
얼었다 녹았다
뭐 그리 죽었다 살았다 했는지

아바이 밥 잡숬소
아바이 밥 잡숬소

만년청춘 로렌스 왔니

재명이 친구 정희는 아이왔니

의심 많은 해숙이는 안보이니

상남자 종진이는 아니오니

정의공정 적폐청산 성철스님 말고 성철은 마이 늦네

은행도 까고 적폐도 까는 우진이 왔니

흰머리 야매쌤 상하는 왔니

구름에 달 가는 일필휘지 기문이 어디 있니

바다냄새 희열이는 청량산 보니 오봉산 보니

재명시대 봉현이 왔니

디아블로 정배는 도닦는 연습하다 오니

백두산 호랭이 저리 가라 세범이 늦게 오니

내 댕기는 장재 안보이지비 아이오니

도닦는 이니그마 이제 안 오니

큰 도 닦는 현숙이는 아이왔니

맨날 잔치 경선이 왔니

낭만사부 형섭이는 어디 있니

영원한 오빠 관수는 삐진다고 입 나오니

꿈꾸는 도희는 아이왔니
담휘 알아보는 동이 후손 석철이 왔제이니
재명소식통 은하는 바쁘니
맨날 노래하고 그림 그리는 창희는 아이왔니
보편복지 바쁜 광열이는 늦게 오니
말없이 미소짓는 종호 이제 오니
태지 조금 닮은 다정한 아빠 정희 왔니
맘 좋은 차선이 왔니
까칠한 현란이는 커피 마신다고 아이오니
훈훈한 훈남 경호는 어찌 이제오니

웰빙밥상 꽃녹두는 어디 있니
사계절 꽃놀이 꽃소녀 미란이는 돌아댕기다 늦니
담휘담생 시아부지 찐동지 윤원은 아이오시니
일일일선업 똑띠 승보는 어찌 늦니
개작두는 우째 따라 늦니

진짜 엄중선생 Y.T 김선생은 빼놓으면 벌받제이니
왔다갔다 윤호는 어디 갔다오니
천지로 댕기는 숙자는 아이오니
여자아인 남자 은주 어찌 이제 오니

성실성실 사라당은 마이 늦게 오니
진심성심까지 급한 무에타이가 어찌 늦니
박사박사 똥철학박사 영채는 아이오니
최강동안 최강말빨 동미는 어디있다 이제 오니
어촌계횟집 넘버원 경아 빼면 아이되지
정직하고 쌈박한 Neon Min이는 뚜벅뚜벅
늦게 오니
훈남 경석이는 어찌 이래 늦지비
짱 멋진 형아 경민이는 이제 오니
빛친구 JW.Lee는 별구경 하니 늦지비

지구별 여행한다는 담휘는 여기 있제이니

피가 되고, 살이되고, 노래되고, 시가 되고
니가 되고, 내가 되고…

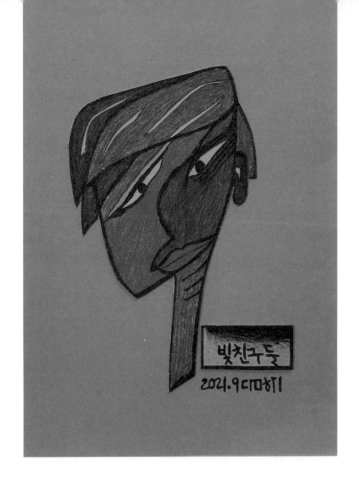

*주: 강산에 〈명태〉에서 따옴
#재명시대만드는_이재명들

어느 혜경궁 김씨의 가을 아침

밤새 이리 뒤척 저리 뒤척이다
와락, 아침이 되었다

가을 아침 안개가 자욱하다
이가 꽉 부딪히는 짓눌림의 신음소리가
밖으로 날까, 샐까
속으로 안으로 삭혔을 내 남편이
아직 자고 있다

나를 혜경궁 김씨란다
나는 혜경궁 김씨가 아니다
큰 슬픔이 남편을 억눌렸지만
그렇다고 뒤주에 갇혀 신음했던
사도세자가 아닌 것처럼
나는 혜경궁 김씨가 아니다

통째로 뒤흔들리는 가족들
남편과 나, 아이들, 어머니
우리 가족들은

봄부터 겨울까지
다시 겨울에서 겨울까지
숨 쉴 틈 없이 잠잘 새 없이
흔들리고 짓밟혔다

우리 가족의 봄꽃은
잔인하게 짓밟히고
여름 수목은 우박서리에
썩고 짓물렸으며
가을 아침은 경찰들의 갑작스런
방문으로 시작되었고
이제 또다시 겨울 길목은
누구에게 내어주고 울음 울까?

나는
사도세자가 죽어갈 때
아들의 눈과 귀를 감싸 안고
의연한 가슴으로
남편을 지켜보던 강인한 어머니

혜경궁이 아니다

반듯하게 살아온 남편이
건강히 잘 자라준 아들들이
그저 감사한
즐거울 때 웃고, 슬플 때 우는
분노하고 절망하는 그저
여자다
나는 혜경궁 김씨가 아니다

어이한다…
내 남편은 기어이
억새 풀 무더기 양손에 움켜쥐고
논밭 둑에 불을 놓아
어둠을 밝히려 한다

그리고…
논밭 고랑 이랑마다
남녀노소 초를 들고, 횃불을 들고
눈물 그렁한 눈망울의 사람들이

기억을 스친다

이른 가을 아침 안개를 걷어
남편을 깨워야겠다
여보
일어나셔야지요

#세상가장큰우산_이재명

푸른 새벽별

어수룩한 이른 새벽
일찍이 옷매무새 단정히 하고
아직 곤히 잠들어 있는 아내 얼굴을 본다

내 아내
그대는
모자라고 모진 남편을 만나
살아생전 지옥의 열매를 맛보는가

쓰디쓴 핏빛 열매 입에 넣고도
밝은 미소로 눈물을 감추는 애처로운 여자여

사랑하오
감히 귀한 그대를 사랑하오
그 한마디 원 없이 내뱉지 못하는
못난 남편을 용서하오

다시 흐트러진 옷매무새를 고쳐맨다
혼탁한 세월의 강물
그 강류에 허우적대는 사람들

우리의 이웃들
우리 부모형제들의 신음
그 고통의 강물속으로
이 못난 남편은 가려하오

용서하오
나는 살고자 가려하나
하늘이 허락하지 않는다면
한 움큼의 역류 물결이 되어
사라지리니
그리되어도 좋소

아버지… 어머니… 어머니
누님… 형님… 형님
비틀리고 뒤틀어진 나의 팔과 같은 가족들

목숨 다하는 아니

목숨이 강제로 다한다 해도
기쁘게 그 속으로
가겠소

어수룩한 이른 새벽
일찍이 옷매무새 단정히 하고
잠 뒤척이는 고운 아내의
순박한 볼을 가만히 만진다

새벽이 밝아오고
푸른 새벽별 하나가
바람에 스치운다

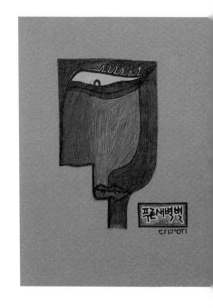

#이재명의_푸른새벽

내가 죄인이제

내가 죄인이제
우리 재명이 뜯기는기

몬묵고, 몬입히고, 몬갈키고
낳았다 뿌이제
내가 해준게 없는기라
힘들었제
산목숨 죽지못해
꺼떡꺼떡대고 살았제

와 그리 예쁘든지
내새끼 재명이
좀 몬난짓만 해라꼬 빈적도 있었제
예쁜 내새끼
정떼고 죽을라꼬
그래도 해봤는기라

좋을 때도 있었는갑다
없는 형편에

저거 형제끼리 챙기줄 때
참 기특해서 고맙고 좋았제
내 죽을 때까지
그랄줄 알았제…

그라고
변호사된 날
대견해서
말로 다 몬할 정도로 기뻐서
심장이 터지는 줄 알았는기라

내가 죄인이다
재명아!
이 애미가 죄인이라꼬
똑똑한 니를 낳은
내가 죄인이다

우리 아는 너거들한테
물어뜯길 아가 아이다

잘못 한기 없는 아다 말이다

내를 잡아가소!
가난해서 비빌 때 없는
재명이 낳은 내가
죄 많은 업보 씌운 애미가
죄인이니
내를 잡아가소

그놈이 말을 안듣는기라
저거 가족 좀 편케 살면 될낀데
나쁜 놈들이 지말을 듣나
저거 누나같이
지 어릴 때같이
힘든 사람들 돕겠다고
지 애미 가슴에 피멍 들어도
그랄끼라 안하나

재명아!

니 고집을 우예 꺾노

그래

나는 죄인이지만

니는 없는 사람 살리주는 사람되라

재명이 아부지요!

하나만 부탁하입시더

당신 아들

고집불통 당신 아들이

소원하는 거 들어주이소

없는 사람들 등따시고 배부르게

살게 해주고 싶다는

재명이 소원

들어주이소

그라고

우리가 몬해줘서 아픈

재명이 팔이 피지도록

그런 애기들이 안생기게

하늘에서 돌봐주이소
그게
내 마지막
소원입니더

다
내가
죄인인기라…

#재명이소원_들어주이소

좁은문

세상에는
도덕을 모르는 이
도덕을 알지만 외면하는 이
도덕을 왜곡하는 이
도덕이기에 마땅히 따르고 행하는 이가 있지

모르는 이는 알면 되고
왜곡하는 이는 돌아갈 길 없고
알고도 외면하는 이는 부처도 외면하지
마땅히 따르고 행하는 이는
낮은 이가 곧 하늘에 임하는 이가 됨을 알지

그는
하늘이 무너지고
땅이 갈라져도
보호받지

그는
좁은문으로
들어가길 힘쓰는 자이지

#대진개도_이재명

부활 이재명

금빛 햇살이 부서지는 가을 오후
바른길 사이로 불현듯 이는 스산한 바람
금빛 고운 낙엽이 하나둘
지친 남자의 단정한 구두 사이로
떨어진다
뚝뚝

그해 가을
나뭇가지에 모질게도 붙어 있던
잎사귀들이 붉게 물들었지
그리고
타들어 가는 목마름으로
물들다 물들다
이는 가을바람에
광장으로 광장으로 날아들어
쌓였지

초를 든 광장의 시민들
우레 같은 함성

붉어진 낙엽은 촛불이 되어
조용히 타올랐다

그리고 나는
뜨거워진 심장을 부여잡고
촛불이 되어 타올랐다

박근혜는 퇴진하라
이명박 이재용을 구속하라
공정사회 대동세상
목이 터져라
심장이 터져라
그렇게 타올랐다

코끝으로 다시 이는 바람
구두 아래 머물던 금빛 낙엽이
한 바퀴 돌아 일더니
저 멀리 날아간다

어디로 갈 것인가…
마지막 낙엽이 머물다 날아간
저편 하늘에 노을이 붉게 물든다

다시 뜨거워진 내 눈시울은
지난 세월 가난과 헐벗음 때문도
이 악물고 불의에 맞서다 선택한
정치 때문도
음해와 모함으로 멍든
가족 때문도
누구 하나 나를 정의의 벗으로
함께 해줄 이 없는 외로움 때문도
아니다

하늘에 맹세한 나의 다짐
공정한 세상의 밀알
함께 누리는 대동세상 주인의
머슴이 되겠다고 맹세한
나의 다짐이

스산해진 바람에 흔들릴까
염려하는 국민들과
다시 붉게 물들어 타는
저 노을 때문이리라

지는 석양에
나를 묻고
새벽을 기다려
금빛 아침으로
부활하리라

#부활이재명

쓰레기

왜
사람들은 그를
그렇게 길가에 뒹굴게
두었던 걸까

질서를 조율하는 지휘자
아이를 길러내는 돌보미
우리 곁의 이웃
함께 울고 웃는 친구
나라의 아픔에 슬픈 리더
지구 운명에 기도하는 명상가인 그를

쌓였던 쓰레기가
어느새 제 자리에 더미가 되어
원래 있던 산인 듯

본래 없어야 할
원래 그 산더미를
맨 처음 치우려는 청소부가
왜 두려운 걸까

큰길 내어갈 때

쓰레기도

크게 함께 보내야하리

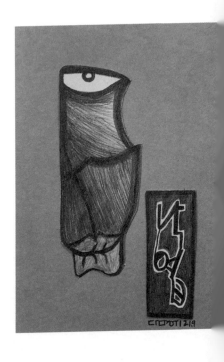

#이재명과_청소를

어느 술해의 노래 (개돼지들을 위한 변명)

나는 아니 나의 몸과 마음은
무언가를 항상 준비했다
긴장감과 두려움은 있었으나
근거 없는 자신감과 긍정적 예감으로 살았다
스스로 가끔 비겁하다는 생각도 했다

왜 비겁한지는 나도 잘 모르겠다

사람들은 나를 보고 의외로 놀랬다
그걸 보고 나 또한 놀랬다
억지웃음을 지어 보였는데
진짜 무척 행복해 보였나보다

들키지만 않음 나는 행복한 거다
아니 어쩜 정말 행복한 건지도 모른다

궁지로 몰릴 대로 몰렸는데
피부로 가슴으로 느끼는데
왜
아직

깊은 절망감이 들지 않는 걸까

모르겠다
정말 모르겠다
휴우

#슬해개돼지도_대동세상함께가자

데이지꽃

어쩌면 우리가
더 나아질 수 있는 때는
없을 지도 모른다

또한 지금이
더 나아질 수 있는
유일한 그때일지도 모른다

한 손엔
악몽의 달콤한 독주잔
또 한 손엔
희망의 데이지꽃

꽃을 든 채
울고 있는 사람들

술은 죽어라 마시라 하고
꽃은 성장하라며 향을 내 뿜는다

#재세이화의향기

곡산검법의 칼날

자신을 궁지로 몰아넣고
자신을 미치게 만드는 건 그 자신이다

다른 것은 이유가 될 수 없다
그것들은 배경이다

이재명 유일한 적은
이재명이 아닐 때일 뿐

스스로 싸워
스스로 승리하는 길

이재명이
이재명을 이기는 길

대인은 큰 인물이 아니다
큰길을 열어가는 자이다

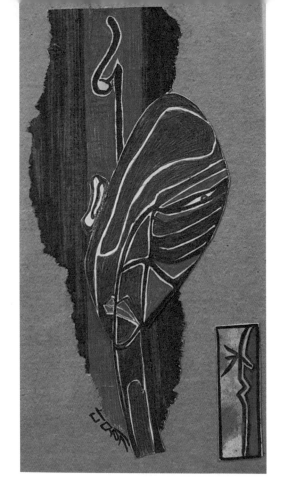

\#이재명의칼날

족쇄가 나비 되어

그가 말하면

그가 원하는 것이
그 굶주림이
궁극적으로 무엇이었던가를
선명하게 알 수 있다

무엇이 그를
그렇게 미치게 했을까
사람들은 또 그렇게 미쳤단 말인가
그의 정치는 실리적 광기다
또한, 천재적 광기다

그의 웃음
눈빛은
한 인간이길 몸부림치다
모든 것에서부터
완전히 벗어나고 싶어 하는
그 자신이 되려 하는 것이다

정치는 사슬이 되어 족쇄를 채우지만
그는 사슬을 어루만지고 족쇄를 풀어
대동의 푸른 옷을 입는다
가슴에 자유를 단다

마음에 진언이 숨 쉰다

#이재명의_마음정치

지금 이 순간

노을이 하늘을 내리고
바람이 하늘을 스치고
별빛이 하늘을 거닐고
밤 어둠이 꿈길을 부르고
달빛이 그리움을 비추는

바로
지금

시간에 철저히 맞서야 하는 순간

지금
이 순간

#이재명의_지금이순간

하날히 브리시니

하늘이 태고의 빛을 열고

바다가 자궁을 품고

별이 생명을 내리고

사람이 법을 세웠다

대한민족은 홍익을 산맥 뻗고

이화梨化를 꽃 피우고

크고 밝고 깊은 이가 대동세상을 빛으로 연다

우리는 그를
그는 우리를
서로 참주인이라 이른다

#대한참머슴_서로참주인이재명

하날히 달애시니

빛은 어둠을 이길 수 없다···
어둠은 빛을 이길 수 없다···

끝내
빛은 어둠을 삼켜
빛을 어둠이 이길 수 없다

어둠을 삼킨 빛··· 재명!
그대라는 시간이 흐른다

하날히 그대를 달래신다

#적폐삼키는빛_재명

운명

버려진 아이처럼 자랐지

독수리는
새끼 독수리를 부리에 물고
하늘 높이 솟아올라
떨어뜨렸지

살게 된다면
독수리 영혼을
온전히 받아지니며
그대로 찢겨져 죽는다면
다른 새의 먹이가 되지

그새를
눈물로 지켜봤어
어린 독수리는 살아남았지

더욱 날렵해진 부리
혼이 깃든 눈매
진리가 스민 날갯짓으로

여린 꽃 민중의 심장을 지키고
민족의 얼을 욕되게 한 자들을 응징하며
참 뿌리 내릴 영토를 더럽힌 대가를
죽음의 고통으로 주는 자가 되어

#참독수리_이재명

천루 天淚

밤 깊은 새벽
아득한 별빛이
힘겹게 대지를 비춘다

잉태된 태극 씨앗은
하늘 눈물 원을 받아 지친 대지 위에 용튼다

백의의 산통은
좌청룡 우백호 비호받아
큰 아픔으로 허리를 뒤튼다

대한민족 호국영령들은
맑고 깊은 향기 뿜어내는 어린 적통을
두 손 들어 기뻐하며
천루를 흘린다

홍익적통은 울어라
우렁차게 울어라
대동세상을 향해

#홍익적통_이재명

샛바람

하루 세월을 천년같이 기다려온 샛바람

나라 잃은 땅에 주저앉은
어른과 아이들 눈물 닦아 내리고

산맥 허리 휘감고
봉우리에서 휘휘 아래로 겁도 줘보고

꽃과 새 그리고 나무와 쉬쉬비비 풍경 놀기도

지는 노을 산 중턱에서
스스로 고뇌하는 이들 어깨를 쓰다듬어주기도

비가 내리고 천둥 번개 내리칠 때도
하늘을 달랬다

태동 감춘 바람은
천년을 하루 같이 기다린 변화의 새바람으로
인고를 열어
대동의 처음 언덕을 넘어 분다

이제

막

#변화의새바람_이재명

대한민국
혁명하라

2021. 9.12 다다싸기

2부 대한민국 혁명하라

제발 행위로서가 아니라
그 지향을 보아 내 생애를
심판하소서

-천국의 열쇠 중에서-

시간유리병

절대 이루어지지 않을 소원과
반드시 이루어질 바램

절대 이루어지지 않을 소원의 상자는
이미 비어져 있으며

하루하루 소중히 싸우고 지킨
우리의 시간을 담은 유리병이
순리에 따라
넘실대는 파도에 밀려
우리들 손에 도착했다

한 명 한 명 희망을 써내려
쪽지 담은 유리병이…
반드시 이루어질 바램을 담고…

#시대보물이재명_보물들이_보물을빛내다

만독불침

하늘법 칠채독경七彩毒經에
의지수련하여
액난독체厄難毒體가
되어진 사람

고단한 역경의 길에
제아무리 만독을 가한다 한들
결코 쓰러지지 않을 사람

적폐 무리들로 인해 병든
이 땅의 아픈 현실을 구할 사람

만독불침
재명불패
대선필승

*만독불침-만독이 몸을 범하지 못함

#민심천심법장자_이재명

자축인묘진사오미신유술해

자는 축을 응원하고
축은 인을 격려하고
인은 묘를 응원하고
묘는 진을 격려하고
진은 사를 응원하고
사는 …
인두겁 쓴 가축들의 뒤죽박죽 응원 격려 중에

몸이 헐벗은 자가
마음이 가난한 자보다 복이 있나니

좁은 문으로 들어가길 힘쓰는 자가
넓은 문으로 들어가고파
힘쓰는 자보다 복이 있나니

새 시대는 그들의 시대이려니
대동한국이 그들의 나라이리니

진실을 말하는 자는
애가 타고 목마르나니

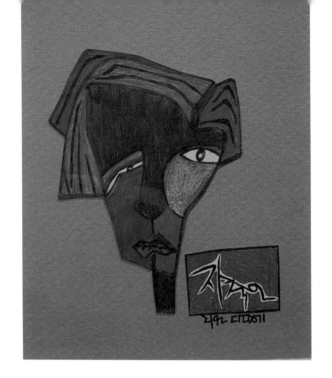

천국은 미리 알고
감로수를 준비하리니

*자축인묘진사오미신유술해
쥐.소.범.토끼.용.뱀.말.양.원숭이.닭.개.돼지

#답을아는자_이재명

멸즉생

멸하지 않으면
당한다

죽인다 해서
정신마저 죽이는 게 아니다

정신을 살리기 위해 죽이는 것
죽어야 사는 것

온전한 혁명이
완전한 혁명이 되기 위해
충분히 멸해야 한다

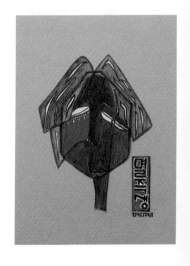

멸한 뒤에도
경계하고 경계해야
되려 죽지 않는다

#부패즉사_청렴영생

대한민국 혁명하라

오징어.낙지.홍어.준치.멸치.삼치.가재.개구리.도루묵.좌우
나졸들과 …

갑.을.병.정.무.기.경.신.임.계들과

자.축.인.묘.진.사.오.미.신.유.술.해들이
더불어 천지간에 썩은 내가 진동하도다

뉘라서 바로 정신 들 수 있으리오
뉘라서 바로 정신 들게 하리오

양심의 금문자 가슴에 새겨진 이여
거짓 숨긴 금보따리 무거운 자들을 혁명하라

대한민국 혁명하라

*수궁가 '어류도감'에서

#대한민국혁명하라

인정사정없이

누가 누굴 내쳐야 하는가
적은 누구고
아군은 누구인가

깨어 볼뿐
본대로 쳐 낼뿐

적의 상생
적의 화합
적의 협치
적의 정의
적의 연민
적의 미소까지 도려내야
아군의 도리와
아군의 당위가 살리라

인정도 없이
눈물도 없이
사정도 없이
얌치도 없이

동서남북 적폐를 내리쳐라

#살아서돌아갑시다_킬재명

이재범이 내려온다

세상에 덜 나쁜 적폐는 없다

덜 청산해도 되는 부패는 없다

덜 더러운 불의는 없다

대한적통 호령에 살 떨고 있을 적폐들

겁을 주고

법으로 물어라

어흥

#부패지옥_청렴천국

이재명의 울음

적폐들의 목을 베고 싶어
칼끝 떨고 있는 칼의 울음

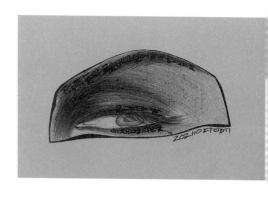

\#이재명의눈물

투명갑옷 사령관

세상을 지배했던 권력은 모두
푸른 바다에 녹아버릴 소금임을
때가 되어서야 깨닫네

그대
빛의 일꾼이여
투명한 갑옷 입은 사령관이여

당신은 오직
진실의 수정과
민초의 눈물 진주만을
권좌에 앉히시길

#대동혁명하라_이재명

자신을 혁명하라

혁명의 칼은
적폐들에게만 겨누지 않는다

우리 모두의 가슴에 따리 튼
불온의 조성까지도 겨누고 있다

혁명은
이재명이 하지 않는다
내가 하고
네가 한다

적폐에게 내어준
가슴속 어둠의 온상까지 혁명하라
그들에게 내어준 실패까지 혁명하라

자신을 혁명하라

#마음혁명

칼이 울면 꽃은 위로한다

울분과 분노로 몸서리치는
부정에 맞서고 겨누는
배민의 칼

칼을 휘두른 뒤
가슴 우는 남자를
껴안고 품어내어
고른 숨을 쉬게 하는
동이꽃

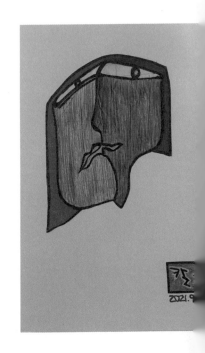

칼이 울면
꽃은 위로한다

#이재명의칼과꽃

끝없는 혁명

믿음.도덕.문화.정치의 타락과 부패는
잠든 자유을 일깨운다

그리하여 인간은 끝없이 혁명한다

고통 속에서 피어나는 생명의 꽃
고통 속에서 깨어나는 혁명의 꽃

고통의 문을 열면
새로이 길이 펼쳐진다

고통의 눈을 뜨면
새로이 세상이 펼쳐진다

#의식혁명

이재명디딤아리랑 (등라계갑의 노래)

파란 그대 잡초여
새파란 그대 억센 풀이여
흙 아래 바위 휘감아
길고 긴 잔뿌리로 살아있는 잡초여

왜 그리 높은 산을 오르려오
왜 그리 험한 길을 오르고 또 오르려오

워우워우
세찬 바람이 불고
뿌리까지 흔들리는데
숨 멎으려 하는데

꿈쩍 않는 나무
그대 뿌리 두르고 둘러서
나무 끝까지
하늘 끝까지
올라가소

해가 떠올라 그대를 노래하리

달이 떠올라 그대를 안아주리

별이 떠올라 그대를 빛내주리

#이재명디딤아리랑

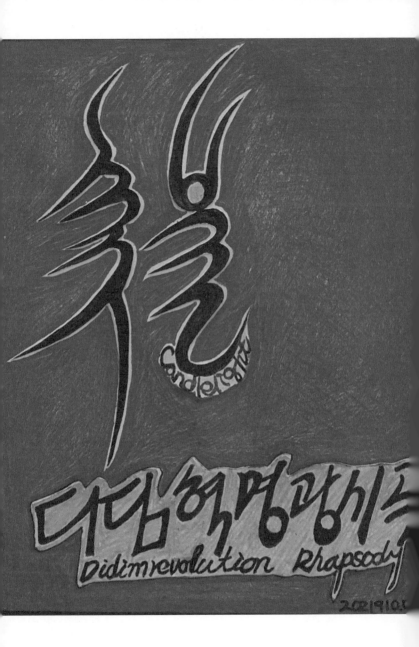

candlelight

디딤혁명랩하기
Didim revolution Rhapsody
2021.10.5

3부 촛불디딤혁명광시곡

(Candlelight Didim Revolution Rhapsody)

Anyway the wind blows

어디에서 시련이 닥치든지

들어가는 말

랩소디 즉, 광시곡이라 붙인 뜻은 '혼이 깨어나다'의 의미로 민족적 서정적 영웅적 성격의 광시곡이 촛불혁명의 혼으로 다시 깨어나길 염원하는 뜻에서 지었다.

또한, 형식에 있어 민중정서가 함축적으로 담긴 민요가락 등의 형태로 표현하였다. 모든 순간 순간 신과 함께 했음을…. 앞서가신 나라의 성현들과 함께 했음을.

이재명편 부제목을 '팔만대장 촛불대장'이라 한 것은, 팔만대장경에서 따온 것이다. 당시 부처의 힘을 빌어 국난극복의 원동력으로 삼아 국민의 의지를 하나로 통합하여 불안정한 나라를 안정시키고자 한 뜻을 빌어 지었다.

세상의 온갖 번뇌.
108번뇌를 다 가진 이재명.
108번뇌를 이겨내고 모든 국민의 뜻을 하나로 모아 큰 정치인으로 거듭나길 바라는 염원의 뜻도 담겨있다.
〔쓰다 보니 억~수로 길어져서 팔만대장경만큼 길어진 의미도 있다.〕

처음 도입 부분은 영화 〈천년학〉의 타령을 인용하였다. 불교적 색채가 있다 하여 불교도가 아님을 밝힌다. 종교를 초월하여 이재명을 지지한다.

촛불디딤혁명광시곡은 이재명편, 적폐편 두편으로 지사님께서 경기 지사 취임 직후 모진 고초를 겪었던 당시에 지어진 글이며 이재명 지지자로서 늘 이재명과 함께한다는 스스로의 도리와 다짐이 묻어 있는 글이다.

디딤혁명이라 칭함은 당시 촛불혁명이라 불리던 촛불정신을 촛불대 장이었던 이재명이 다시 불붙이고, 대동세상의 마음혁명, 의식혁명, 대동혁명을 완수해 나가야 하는 과정의 디딤 역할을 하였다고 생각 하여 이름 붙였다.

마음혁명 – 삶의 주체는 자신이며, 더 나은 삶으로 변화,
성장시키는 것도 자신의 마음에서부터 시작된다는
마음에너지를 뜻함

제1편 이재명편

팔만대장 촛불대장

어헐시구시구 들어간다 저헐시구시구 들어간다
광장에갔던 촛불대장 죽지도않고 살아있네
저헐시구시구 들어간다 지화자가 좋을시구!

꿈이로다 꿈이로다 모두가다 꿈이로다
너도나도 꿈속이요 이것저것이 꿈이로다
꿈깨이니 또꿈이요 꿈을꾸며 가는인생

꿈깨어서 무엇하리 촛불시민 성화났네
꿈을깨어 대동세상 촛불시민 재촉하네
누구라서 가냐더니 촛불대장뿐이로세~

나가나가 니가나가 너만가면 되는구나
나가나가 니가나가 경기지사 지랄이다
너도나도 죽여보세 이재명을 죽여보세
홀로투쟁 이재명을 때려패고 죽여보세
쾌지나칭칭나네~

죽어봐라 이새끼야 네놈죄는 깨끗한죄
죽어다오 이새끼야 네놈죄는 억강부약

죽어봐라 이새끼야 네놈죄는 촛불대장
죽어다오 이새끼야 네놈죄는 애민대장
쾌지나칭칭나네~

어찌할꼬 어이할꼬 촛불대장 죽어가네
쾌지나칭칭나네~

경주이씨 국당공파 안동에서 지통마을
옳다구나 지통이면 땅에닿아 통하구나
청량산아 그이름도 깨끗하고 청렴하다
숙명인가 운명인가 이재명은 재목일세
쾌지나칭칭나네~

맑은공기 꽁보리밥 엄마함께 좋았구나
배고프다 마른땅에 친구라곤 책들밖에
엄마엄마 배고프요 아빠형님 배고프요
가자가자 성남가자 성남가서 살아보자
쾌지나칭칭나네~

재에밝아 재명인가 돈계산이 빠르구나

돈의종함 잘알구나 가자가자 성남가자
두드려라 두드려라 이재명을 두드려라
밟아봐라 밟아봐라 어린재명이 불쌍하다
쾌지나칭칭나네~

뒤틀리고 찍혀지고 시계공장 어린재명
하늘보고 가슴치고 한방에서 오골오골
온가족이 숨막히네 그래죽자 어린재명
살아봤자 무엇하랴 개돼지도 죽은먹지
쾌지나칭칭나네~

사람으로 태어나서 사람노릇 하렷더니
이게왠말 나는노예 시계공장 잘도가네
시간잘도 돌아가네 시계공장 잘도도네
오리엔트 해가뜬다 운명인가 이재명은
쾌지나칭칭나네~

이리맞고 저리맞고 오늘맞고 내일맞고
내소원은 사과배를 실컷먹고 배부르기
우리엄마 눈물나네 아버지도 불쌍하네

우리누나 눈물나네 우리형님 불쌍하네
쾌지나칭칭나네~

그래그래 공부하자 공부해서 사람되자
이제겨우 고개드니 온세상이 전쟁터네
광주학살 민주운동 온세상이 어이없네
판사되고 법관되어 우리엄마 효도하세
쾌지나칭칭나네~

그렇지만 가난한죄 주홍글씨 서민들을
손잡아서 안아야지 하늘맹세 먼저로다
눈물나는 인권투쟁 공공병원 세우리라
시장시장 되었구나 일해보자 함해보자
쾌지나칭칭나네~

어떤일도 척척박사 분당성남 모두하나
옳다구나 때렸구나 이재명이 답을아네
그렇지만 정부여당 괴롭히고 빰때리고
그렇지만 이재명은 되로주고 말로받고
쾌지나칭칭나네~

세월호가 악당배냐 천사얼굴 아이들을
악당배에 실었느냐 꿈이로다 꿈이로다
이게나라 나라아냐 나라면은 말이안돼
촛불들어 광장가세 초를들어 불밝히세
쾌지나칭칭나네~

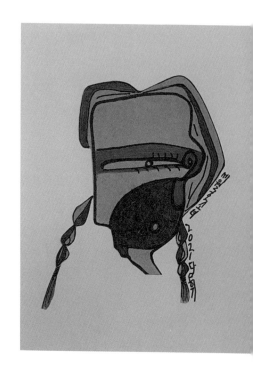

가자가자 광장가자 이순신께 꼰지르고
세종대왕께 꼰지르고 발기발기 꼰지르자
그리하여 우리대장 가만있냐 우리대장
천하제일 촛불대장 이재명이 답을아네
쾌지나칭칭나네~

촛불함성 드높구나 촛불대장 누구인고
제일처음 정부퇴진 그누구라 앞장섰나
천하제일 촛불대장 용감하다 누구인고
대통령도 끄떡없다 이재명이 한다치면
쾌지나칭칭나네~

이순신도 세종대왕도 이재명이면 엄지척척
대통령도 나섰지만 그들손에 이미결정
되었구나 경기머슴 되셨구나 촛불대장
가슴벅차 경기지사 이제좋은 세상오나
쾌지나칭칭나네~

두드려라 두드려라 밟아봐라 때려봐라
뭣이라도 나오면은 너죽었다 각오해라

우리지사 경기지사 눈앞에서 죽어가네
우리장군 촛불대장 누구라고 견딜시고
쾌지나칭칭나네~

국민들이 개돼지냐 주는대로 쳐먹어라
메롱메롱 개돼지야 우리세상 개돼지야
나랏님들 개돼질세 줄을서서 쳐드시네
어찌할꼬 어이할꼬 촛불대장 죽어가네
쾌지나칭칭나네~

남의아내 건드리면 니기분은 하늘나냐
누가누가 시켰을까 설마하니 그분들이
갈기갈기 씹어먹자 이재명을 씹어먹자
미투가장 거짓가장 가면쓰고 잔치하네
쾌지나칭칭나네~

촛불정신 촛불불씨 살렸더니 니가나가
흰쌀밥을 지었더니 못먹고도 패댕이네
죽이고도 모자라서 나가나가 니가나가
허망하다 헛되도다 인생지사 새옹지마

쾌지나칭칭나네~

댓글달며 꿈을꾸나 몽상망상 꾸었구나
나랏님도 꿈을꾸지 통일조국 꿈을꾸지
헛된꿈을 꾸지마라 먹고사는 꿈을꾸라
정치개들 짖는소리 뒷집개도 개탄한다
쾌지나칭칭나네~

잘지었다 혜경김씨 죽어라고 지었구나
죄가없어 어찌하누 죄있는놈 애가닳네
내아내가 맞다면은 내가내가 사도이냐
때릴려면 나를때려 침을뱉어 나를뱉어
쾌지나칭칭나네~

우리가족 엄마형님 갈기갈기 찢어놓나
혜경궁이 누구더냐 나도나도 궁금하다
가자가자 때려때려 모두패네 재명부부
지근지근 자근자근 오독오독 씹어먹네
쾌지나칭칭나네~

홍익인간 알렸더니 빨갱이로 내몰리고
홍익인간 알렸더니 주홍글씨 새겼구나
적폐부패 꿍꿍소리 도둑님도 감탄한다
학을떼네 학을떼네 촛불정부 하지마라
쾌지나칭칭나네~

촛불정부 어디가고 적폐부패 썩는구나
이놈저놈 다날리고 대한민국 정치판에
누가있나 누구없소 하나남은 이재명만
땅을치네 가슴치네 통탄하네 개탄하네
쾌지나칭칭나네~

어른아이 다안다고 위아래도 다안다고
백두산과 동해물은 온지구의 자연유산
경기도가 길을여네 금수강산 문을여네
경기지사 이재명이 통일조국 앞당기네
쾌지나칭칭나네~

동해물과 백두산은 마르고닳지 않는구나
이나무냐 저나무냐 병든나무 찍어내자

이나문지 저나문지 모른다면 다태우자
눈먼나라 눈먼정치 이재명만 눈떴느냐
쾌지나칭칭나네~

이재명이 눈떴으니 눈뜬주인 알아보네
죽여보자 죽여보자 이재명을 죽여보자
정치언론 총동원령 백대일로 붙었구나
백대일이 왠말이냐 촛불시민 같이 붙나
쾌지나칭칭나네~

적폐청산 건너가고 멀리가고 떠나가고
지랄발광 개지랄은 누구누구 아하아하
더럽구나 추접구나 악의얼굴 적폐얼굴
시민들아 눈을떠라 촛불이미 꺼졌구나
쾌지나칭칭나네~

불씨하나 남아있네 이재명이 촛불불씨
고귀하고 소중하지 그불씨를 손에얹어
이초저초 옮겨보자 그것만이 살길이다
평화조국 꿈꾸더니 나라평화 어디가고

쾌지나칭칭나네~

이재명만 할수있다 그렇구나 이제보니
정의공정 헛소리를 꿈쩍않고 나불대냐
초근목피 잡초대장 죽였는데 죽지않고
아야아야 우리머슴 목숨줄은 붙어있나
쾌지나칭칭나네~

김대통령 노대통령 민초적통 촛불대장
저놈들이 죽이구나 없는죄도 만들어서
엎어쳐라 매쳐봐라 뒤집어라 벗겨봐라
아무것도 없다시발 망했구나 어떡하지
쾌지나칭칭나네~

같이패자 부부패자 둘중하나 죽겠거니
패는놈도 힘들구나 언제까지 패야하나
죽어봐라 죽어주라 우리들도 못살겠다
악바리에 촛불대장 입악물고 맞고있네
쾌지나칭칭나네~

숨차도록 때렸는데 죽지않네 이재명이
안희정이 이재명이 박원순이 그다음은
미쳤구나 이세상이 굿나이스 똥먹어라
죽어줘요 이재명님 우리죽게 생겼어요
쾌지나칭칭나네~

말만듣던 그소문이 사실이냐 금강불괴
무섭구나 그소문이 사실이면 소름돋네
죽여죽여 팔비틀어 죽여죽여 입을막아
금강불괴 만독불침 죽지않고 성성하네
쾌지나칭칭나네~

이제전설 드러나네 이재명이 금강불괴
그위상을 떨치이는 이재명이 그렇구나
울고있는 우리대장 인권위해 싸우구나
당신들은 챔피온 우리머슴도 챔피온
쾌지나칭칭나네~

울지마소 대장님아 울지마소 여러넘네
울지마라 이재명 우리모두 이재명

우리 희망은 우리가 희망
쾌지나칭칭나네~

여기여기 다붙어라 모여모여 다모여라
수리수리 마하수리 아제아제 바라아제
은총가득 마리아여 이웃사랑 주예수여
천지간에 천지신명 얄리얄리 얄라셩이
쾌지나칭칭나네~

인생무상 새옹지마 진짜머슴 잔트가르
최강머슴 이재명이 죽어가네 죽고있네
아리아리 쓰리쓰리 쓰리쓰리 아라리오
헤헤헤헤 옹헤야 저쩔시고 옹헤야

촛불대장 죽거들랑 울지마소 주인님들
촛불대장 적막옥방 찬자리에 가두려오
우리대장 쓰러져도 슬퍼마소 주인님들
그때되서 울지말고 촛불대장 지켜내소~

제2편 적폐편

칼의노래 (토적폐가)

여기모인 여러님네 여기보소 들어보소
촛불시민 여러님들 적폐들의 목을쳐서
희망한국 만드세나 정신바짝 붙들어매고
허리잡고 따라오소~에이~

어헐시구시구 들어간다
광장에 갔던 촛불대장
죽지도 않고 살아있네
저헐시구시구 들어간다~

사람이면 인륜도덕 정의공정 대한민국
도둑심보 불온심보 남의공을 가로채냐
하늘이 노하고 땅도 노하고
요망한 기운 그대로 두랴
에헤에헤 옹헤야 저쩔시구 옹헤야~

촛불시민 눈귀가려 야옹하니 섬멸하라
적폐들아 들으렷다 촛불시민 성이나네
적폐들을 제거하라 함성소리 우렁차다
천지신명 너희들을 죽이려고 의논한다

옹헤야 에헤에헤 옹헤야~

홍익인간 재세이화 대동세상 꿈만구나
촛불대장 나라일꾼 이재명을 보호하라
공정수사 집행하라 대한국민 명령이다
참을만큼 참아왔다 정부여당 뒷짐지나
쾌지나칭칭나네~

하늘과땅 보고있다 민주당은 깨어나라
적폐들은 외침들라 이재명만 할수있다
경제하면 경기지사 적폐청산 백전백승
개도대진 경기지사 그누구라 길을막나
쾌지나칭칭나네~

천하강산 알고있다 이재명을 죽인다고
지록위마 현실예측 기소송치 이미예견
특별수사 꾸려질때 표적이미 정해졌네
국가권력 진실공정 망신주기 그만하라
쾌지나칭칭나네~

쏘지않은 화살이미 재명부부 과녁이네
착각하면 무혐의고 촛불경찰 실망이네
사슴을말 속지마라 사슴그저 사슴이다
흔들어라 두드려라 경기지사 꼼짝없다
쾌지나칭칭나네~

충복머슴 이재명은 경기도민 희망이다
듣고있나 정부여당 두구라서 죽이더냐
혜경궁이 김혜경이면 이재명은 사도이냐
이재명이 뒤주세자면 누가사도 죽이더냐
쾌지나칭칭나네~

밤톨몇개 얹었다고 밤나무가 되더이까
천둥번개 몰아쳐도 겨울가고 봄은오고
두드려라 때려봐라 이재명은 커져간다
사필귀정 정의상식 국민믿고 나아가라
쾌지나칭칭나네~

부당하다 부정하다 경기도민 숨막힌다
호박껍질 줄치며는 알찬수박 된다더냐

가짜촛불 들었느냐 진짜촛불 분노한다
촛불시민 촛불대장 억울해서 못살겠네
쾌지나칭칭나네~

김혜경은 누구더냐 정의위해 남자보연
큰머슴을 남편두어 김혜경이 죽겠구나
세월호때 김혜경은 두팔걷고 눈물흘려
이재명이 어쩔시고 적폐들이 저쩔시고
쾌지나칭칭나네~

지들끼리 권력투쟁 수구꼴통 왠떡이냐
주인나라 공화국은 어디가고 쌍팔년도
이재명이 일을하면 너거들이 다죽느냐
죽어봐라 죽어주라 우리들도 못살겠다
쾌지나칭칭나네~

재판중에 죽이는데 일을하네 이재명은
이재명이 신이더냐 적폐들이 떨고있네
이런들 어떠하냐 저런들 어떠하냐
만수산에 드렁칡이 얽혀진들 어떠하냐

쾌지나칭칭나네~

너희들도 그리얽혀 천년만년 누릴려고
두드려라 두드려라 이재명을 두드려라
경기지사 이재명이 누구등을 때리더냐
경기지사 되었다고 대통령을 때리더냐
쾌지나칭칭나네~

극문친문 무서버라 순혈주의 친문귀족
뒤에숨어 무서버라 직계혈통 무서버라
경찰들은 토요일날 혜경김씨 예고영화
삼바삼바 쌈바쌈바 흔들며는 신나겠네
쾌지나칭칭나네~

폰하나가 필요했냐 수십명이 달려드나
말을하지 말을하지 말을하면 그냥주지
검찰들과 경찰들과 오순도순 쿵짝쿵짝
넘겨달라 그때달라 넘겨주면 사랑해요
쾌지나칭칭나네~

걸레정치 걸레신문 재벌님들 나라만세
검사님도 판사님도 우리빼면 섭섭하지
공세마라 민주당아 너희들이 사퇴해라
외롭구나 모르구나 벌거벗은 우리임금
쾌지나칭칭나네~

달아달아 밝은달아 이태백이 놀던달아
누구라서 우리달님 눈가리고 귀가리고
부엉부엉 우리달링 너거들만 사랑하나
촛불대장 이재명도 부엉부엉 할줄안다
쾌지나칭칭나네~

청정달님 우리달님 눈가리고 귀가리고
검찰들아 경찰들아 권력밥이 그리좋냐
눈물난다 땅을친다 단군조상 가슴친다
이재명은 알고있네 적폐들과 따까리를
쾌지나칭칭나네~

적폐들이 두손잡고 홀로투쟁 죽이구나
나도사람 너만사람 노회찬도 힘들었다

두드려라 때려패라 이재명만 죽이구나
국민들이 바보더냐 적폐들이 멍청이냐
쾌지나칭칭나네~

북한주민 뭔일인고 김정은도 씁쓸하네
비무장의 지뢰밭도 뽑히다가 뭔일인고
트럼프도 씁쓸하네 시진핑도 심란하네
민주열사 뻘쭘하고 노동운동 허무했나
쾌지나칭칭나네~

촛불시민 그추위에 죽을쑤어 개를줬냐
촛불정부 촛불정신 오매불망 함흥차사
이리얽혀 기득권들 저리얽혀 기득권들
꼼짝없이 엮여있네 지발등을 지가찍네
쾌지나칭칭나네~

독립투사 이재명도 민족자존 김구선생
왜놈잡는 이순신도 노벨평화 김대통령
하늘에서 힘을주네 청정머슴 참머슴을
보호하네 지켜주네 적폐청산 끊어내자

쾌지나칭칭나네~

이리얽혀 기득권들 저리얽혀 패거리들
이리얽혀 재벌님들 저리얽혀 검사님들
지발등을 지가찍네 꼼짝없이 엮여있네
엉켜있는 칡넝쿨을 찍어내고 잘라내고
쾌지나칭칭나네~

까마귀가 짖어대도 개돼지가 우짖어도
이재명이 큰칼들고 앞장서서 내리쳐라
널리널리 인간세상 서로서로 사랑하고
남녀평등 공정세상 아껴주고 끌어주고
쾌지나칭칭나네~

먹여주고 재워주고 우는아이 저는사람
슬픈사람 기쁜사람 잘못하면 고쳐주고
잘하면은 기뻐하고 모두모두 등따시고
모두모두 배부르고 모두모두 한마음에
쾌지나칭칭나네~

둘이아냐 너와나는 같이가자 행복세상
눈물나게 좋은세상 이재명이 다시횃불
들고보니 어디인고 경기도가 첫땅이네
가세가세 저기로세 조국평화 앞당기고
쾌지나칭칭나네~

공명정대 대동세상 사방팔방 광명하고
민족정신 드높아라 천세만세 자유민주
촛불대장 숙명이네 가세가세 어서가세~
함께가세 횃불들고 가세가세 어서가세~

에헤라디야 어기여차 바쁘다바빠 어기여차
에헤라디야 어기여차 바쁘다바빠
어기여차~~

4부 홍익인간 재세이화의 꽃

대동세상에서 아침을

사랑은 그저 있음이다

남자가 남자로 존재하지
여자가 여자로 존재하지
아이가 아이로 존재하지
그러나
남자가 인간으로 존재하고
여자가 인간으로 존재하고
아이가 인간으로 존재함을
그것을 안다면
우리들은
사랑할 수 있어

사랑은 다른 차원이야
사랑은 본능이 아니라
본성이기에
사랑은 즐기는 것이 아니라
느끼는 것이기에
사랑은 조건이 아니라
그저 그대로 있는 것이기에

그것을 아는 이라면

비로소 사랑을 하는 것
그것을 알지 못하면
사랑을 할 수 없어
미워하고 원망하기에

사랑은
달콤하지도 따뜻하지도 않게
단지 존재해
그저 있음이야

#대동의심장_사랑_그리고애민

유정유상 무정무상 1

삶이 무정이면 인생무상이며
삶이 유정하면 인생유상이리

유정한 삶은
고맙고
미안하고
사랑이다

시간

다시 돌아갈 수 없는 시간들이 그리움 되고

결코 돌이킬 수 없는 시간들이 아픔 되고

지금 서 있는 시간들이 절절하며

다시 꿈꾸는 시간들이 꿈틀된다

#이재명의시간

무상심심미묘법 無上甚深微妙法

삶은
슬픔이 곧 기쁨 되고
불행이 곧 행복인 무상無常이로구나

고통의 극치는
무상無常한 눈물이 되어 흘러내린다
뚝뚝…

실체 없는 실상의 현실을 울어라
부디 울지 말고 울어라

견디기 힘든 절실함과 간절함이
태극으로 어우러져
절묘한 무상無上향을 내뿜는다

그 눈물은
다음 웃을 축복이리니
무상無常이 무상無上되리니

무상심심미묘법 : 위 없이 깊고 깊어 미묘한 묘법

#무상심심이재명

니 눈물은 내가 닦아 줄끼다

애기야
내 새끼야
우예 견디노

니가 안 편하니
내 있는 이 나라도 온통 아프다

애기야
내 새끼야
니가 만든다는 대동세상은
내도 못 보고 왔네

와서 살펴보니
그리 몸부림치던 니가
옳구나고 생각든다

니가 어렸을 때 온갖 풍파 겪었고
그 난리 통에도 악착같이
목숨 붙들고 책을 보고
끝내는 하늘 동앗줄 부여잡고

그 자리까지 안 올라갔나

재명아
내 새끼야
엄마는 잘 있다

니가 울 때마다
니 곁으로 가서
눈물 닦아주고 있다

애기야

니 맹크로 팔이 틀어진

어린 애기들, 새파란 젊은 아기들

속이 타들어가는 어른들이

들판 잡초만큼이나

많구나

그 바람부는 들판을 보는

니 심정을 이 애미가 안다

그러니

힘들 때는 고개들어

밤하늘을 봐라

내 있는 힘껏 빛을 내서

니를 비춰 줄꾸마

야야

북쪽별이
억수로 빛날 때는
애민 줄 알거라

재명아
니 눈물은 내가
닦아줄끼다

#재명이눈물은_내가닦아줄끼다

진혼 鎭魂

머언 영혼의 별이
희미한 하늘 끝에서
새벽을 열어
생명의 싹을 틔웠다

삶이 주는 기쁨과
삶의 그림자 슬픔이
생명을 조율하고
천국과 지옥이
생명을 다듬었다

그리고…
사람의 족쇄
카르마의 수갑
위를 알 수 없는 혼돈
삶의 백팔고뇌와 열두 기쁨
그 모든 노래를
나는 들었다

어느 안개 자욱한 날

독립운동가
이재명 님
마지막 말씀

이재명
(~1910. 독립운동가, 친일파 이완용 암살시도)
나는 죽어 수십만 명의 이재명으로 환생하여
기어이 일본을 망하게 하고 말겠다!

韓義士
在明君

애달픈 삶의 노래가
혼을 이끌어
까르마 바다속으로 밀어넣었다

끝을 내어
시작을 노래하려 했으나
끝내 끝이 나고 말았다

다시 희미한 내 영혼의 빛
늪과 같은 안개바다
내 혼의 빛은
생명을 걸어 영원으로 가려한다

무지개 다리 건너

영원한

생명의 땅

안식의 땅

젖과 꿀이 흐르는 고향으로

언덕 너머의 빛이 되어

다시 오리

#새생명대동나무

깊은 사람

깊은 사람은

마음을 헤아리고

인연의 세밀함을 살펴

사람의 생각과 행동이

인연의 산물임을 알아

껍질 속의 실상을

연민하고 사랑한다

#깊은사람_이재명

슬퍼한 자는 복이 있나니

슬퍼하라
깊은 어둠 속에서도 빛을 필요하지 않았음을

괴로워하라
고개 들어 슬픔을 노래하지 않았음을

아파하라
가야할 길을 가고 있지 않았음을

부끄러워하라
알고도 입 다물고 있었음을

슬퍼하고 아파하고
괴로워하는 자는 복이 있나니

대동세상이 그들의 것이리니

#대동세상

인연

인연의 영속성은
인간이 만드는 것이 아니라
그 너머에서 오는 빛이
진실로서
온힘을 다하는 것이다

빛으로 대하면
세상의 모든 것은 빛이 되리

카르마의 연緣은
삶의 성장에 한 줄기 물이 되어줄 뿐
결코 빛이 되지 않는다

연緣을 받아들이되
그저 받아드리되
마음을 내지 않아야하리

인연因緣을 받아드리되
연鳶을 띄울 줄 알아야
참인연의 연鳶날리기다

#참인연_빛이재명

진실은 결코 죽지 않는다

진실은
지금 가슴에
곧은 마음을 뿌리내린 자의 것

악은
지금 가슴에
뒤틀린 욕망을 뿌리내린 자의 것

혁명은
진실로 진심만이 이룰지니

삿된 욕망의 검은 깃발로
혁명을 흔들지 마라

오늘 내가 죽어도
진실은
살아 숨쉰다

#대한민국혁명하라_이재명

애비다 재명아

재명아
애비다
네가 이 땅의 자손 중
필시 큰 사명을 바로 세우고
조상 얼을 다시 빛내는 일꾼이란 것을
하늘땅을 밟고야 알게 되었구나

누구나 넘었을 보릿고개를 넘었고
하루하루 배움조차 덧없음을 한탄하다
이곳까지 오게 되었다

유난히 반짝이는 눈빛을 지어 보이던 재명아
학교로 따순집으로
총총히 다니고 싶었을 아들 재명아
고사리 흰 손으로 차가운 맨바닥을 짚게 하고
네 가슴에 멍을 들게 한 애비를 용서해다오

널 그곳 공장에 보내지 말았어야 했다
네 뒤틀린 팔은 이곳 이땅에서도
내내 흘리는 눈물이 되었구나

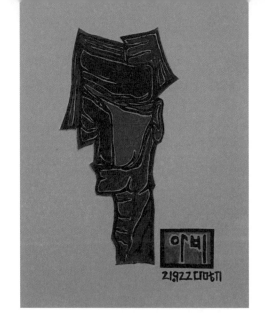

재명아
너의 이름은 이제
내 아들 재명이 아니다
네 이름에
재갈을 물리고, 똥을 붓고
금을 긋고, 침을 뱉던 작자들이
다시 불러 더럽힐 이름이 아니다 말이다

아득히 먼 곳으로부터 비춰온 태극
애비가 미리 본 대동세상은

홍익인간 재세이화의 붉고 푸른
태극이 넘실 춤을 추는 세상이더구나

내 아들
재명아
살아생전 네게 주지 못했던 피 끓는 부정이
민족혼으로 녹아들고
태극의 빛이 되어
널 비추게 되었다

재명아
머지않은 날에
그토록 불러 쉬어터진 대동 대한민국은
서둘러 바로 설 채비를 하고 있구나
그때가 오면
너는 지상에서 나는 이곳에서 빚은
시원한 대동주
막걸리 한잔
함께 하자구나

#대동세상에서_대동주를

사랑

사랑은 존재 전체이다

궁극의 우주 전체이다

삶은 사랑을 앎이다

사랑은 어둠을 밝히는 힘이다

사랑의 실천은 억강부약이다

사랑이 드러난 세상이 대동세상이다

이재명은 사랑인 자者이다

#궁휼사랑_억강부약

아리 아리랑

당신이 숨 쉴 때
당신 숨 나도 따라 숨 쉬고

당신 하루 소식 들을 수 없으면
나는 이틀 밤 지옥에서 헤맨다

당신이 아파하면
나는 죽는다

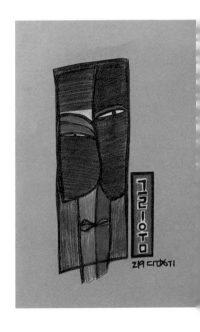

당신이 숨결 불어넣지 않으면
나는 한순간도 살지 못해

당신의 시간은
나의 우주

사랑이여
내 목숨이여

#아리아리랑

유정유상 무정무상 2

삶이 유정하면
인생이 유상하고

삶이 무정하면
인생이 무상하다

유정한 삶은
만물 핀 봄에도
야윈 가을에도
먹지 않아도 배부른 사랑이고
설탕 없이도 달콤한 따신 커피다

인생유정은 삶의 심장이다

#유정세상_대동세상

홍익인간 재세이화의 땅

홍익인간 재세이화는
이상적인 인간의 가치

홍익인간 재세이화는
가장 이상적인 이 땅
이 나라와 사람들이 사는
대동세상

홍익인간 재세이화는
가장 이상적인 사랑

#홍익인간재세이화_염화미소대동세상

그대여

홍익인간이 흘리는 눈물 닦을 수 있게

재세이화의 꽃이 흐드러져 필 수 있게

억강부약의 힘이 웃을 수 있게

정의공정의 잣대가 바로 설 수 있게

자유민주의 꿈이 날개 펼 수 있게

대동한국의 태극이 물결칠 수 있게

그대여 길을 터주오

#홍익적통_이재명

꽃 피어남

여리고 애잔한 감성의 하얀 손을
잡지 못하는
거칠고 무지한 감성의 검은 손은
가슴 벅차오르는
따뜻한 삶을 잡지 못한다

과거의 모든 행위는
지금 행위와 손잡고 있다
역사 전체가 우리 안에서
꽃 피어난다

때론 애잔하게
때론 무지하게
때론 가슴 벅차오르게

#동감의감성리더_이재명

끝나지 않은 우리들 이야기

살아감은
존재의 끝없는 혁명

천둥번개가 내리침의
민족혁명
대한혁명
마음혁명
의식혁명
대동혁명하라

대한민국 다시
혁명하라

모든 삶은
아름다운 시절
우리는 그 시절에
오늘도
머물고 있다

오늘도 다시
혁명하고 있다

#대한민국다시_혁명하라

북두칠성

기본소득

보편복지

정의공정

억강부약

홍익인간

재세이화

대동세상

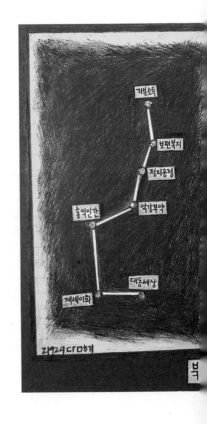

이재명 시대의
밤 하늘 일곱 북두칠성이여
밝고 맑게 빛나라

#지금은_이재명시대

하늘꽃(화천천화)같은 무사

화천대유 천화동인의 목을 쳐내 뺏고
깨끗이 씻어
밝게 빛내

대동세상 재세이화의 맑은 꽃 피울
화천의 무사
꽃같은 무사
홍익꽃 이재명

검게 물든
화천대유 천화동인을 밟고
빛나는
화천대유 천화동인
대동세상 대진개도하라

이재명
대한민국 혁명하라

#홍익이재명

디딤넘어 대동혁명하라

정치는
하늘의 도道를 지상에 드러내는
지상의 도道이다

개혁은
지상의 도가 지상에서 틀어질 때
조율되는
하늘의 잣대이다

혁명은
하늘의 도인 지상의 도가
지상에서 완전히 틀어질 때
개입되는
하늘의 법이다

#목숨을바쳐야한다면_내가기꺼이첫희생양이되리_민중의
노래중에서

가을

바람이 분다⋯

어느 때고 분명히
쓸쓸할 가을이 오리라
염두에 두었지만

가을은
불현듯 찾아와
가슴 외롭게 한다

죽어버릴 듯 이 악물던
여름을 견디고
가을로 살아남았다

한치의 배려도 없이
피부까지 스며든 쓸쓸함

새벽까지 오롯이 밤새운 가로등
바람에 떠밀려 소슬거리는
낙엽이 있는 오랜 벤치

이윽고

가을도 살아내

어느 때고 분명히 다가올

세찬 겨울을 맞이하겠지

차갑고 매서울

바람이 불 겨울을…

#기본소득익어가는_가을_그리고끝의시작

대동세상에서 아침을

시간을 거슬러
달빛 가져와
시간을 지나
달빛 비추리

끝모르게
끝도 없이
아무 걱정도 없이

굽이진 강가
우리 오랜 친구들
달빛 비추는 강

아름다움 나투는 빛
그리고
나

#대동세상_대한민국

새날

홍익인간 弘益人間

백의민족 白衣民族

청산배민 淸算倍民

흑치광명 黑治光明

황토지주 黃土地主

희디흰 옷 즐겨 입은 큰 민족이여
가슴에 빛난 얼을 담은 환한 민족이여

검게 더럽혀진 이 땅을
푸른산, 푸른바다, 푸른들의 땅으로
황금곡식 익어가는 땅으로
기름지게 하라

널리 모두가 이로운
대한민국 대한민족 혼의 깃대를

일제히 들어세우라

백의깃발을 일제히 들어라

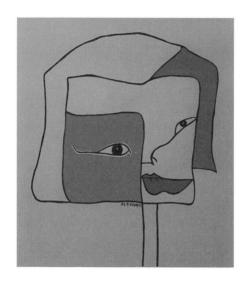

#새날대한민국

유정유상 무정무상 3

순간순간
올 깊이 정신이 깃든
인생은 유정하며

순간순간
바르게 정신이 깃들지 못한
인생은 무상하다

유정한 정신은 지극한 행복이며
무정한 정신은 지독한 고해이다

#유정한대동세상

빛을 되찾다

광복홍익 光復弘益

광복이화 光復理化

광복대한 光復大韓

광복민국 光復民國

광복태극 光復太極

광복재명 光復在明

널리 이로운 홍익의 얼을 빛으로 다시 찾으라

아름다운 이화의 꽃을 빛으로 다시 치장하라

풀뿌리가 민본임을 빛으로 다시 휘감싸라

인간 삶을 오묘한 건곤감리 빛으로 다시 밝히라

이 땅에 엎드려 낮은 이여

가장 바른 빛 재명으로 다시 밝혀 혁명하라

대한민국 대동혁명하라

#대한민국_대동혁명하라

이재명아리랑

끝날 때까지
끝나지 않았다

끝을 낼 때까지
끝나지 않았다

끝장 낼 때까지
끝나지 않았다

이재명은
끝까지
끝낸다

아리랑 아리랑 아라리오

민초대장
촛불대장
홍익적통
민주적통
대동적장자

강영호 저 <지금은 이재명>에서

이재명이
고개고개를 넘어넘어간다

이재명이
대한민국을 대동혁명한다

#대한민국_대동혁명하라

함께 아리랑

홀로 걸어왔으나
홀로 갈 수 없는 길

함께 대한민국의
함께 대동혁명의 길

위대한 대동세상의
처음 언덕이 보이는
마지막 고개가 남았다

함께 위대한 대동혁명을
함께 위대한 대동세상의 여정을

아리랑 아리랑 아라리오
이재명이 고개고개를 넘어넘어간다
수십만 명의 이재명들이 함께 넘어간다

서로 손 놓치지 않고
절대 길 잃지 않고
대한민국을 대동혁명한다

아리랑 아리랑 아라리오

아리랑 고개를 넘어간다

#대한민국_대동혁명하라

기쁠 때 아프다

하이얀 상생의 꽃이
드넓은 들판에 흐드러지게
피었다

별빛 꿈을 담은 상생의 꽃
꽃을 보는 마음이
아프다

이재명의 용기가 사그라지지 않도록
으스러지지 않도록
이재명들의 용기가 절실하다

오늘 핀 상생의 꽃은 울지만
내일 필 상생의 꽃은 우주까지 활짝 필 것이다

#아픈상생의꽃

귀인 貴人

고단한 풍파 몰아치는
폭풍의 언덕에서
죽고자 흔들렸던
숨호흡까지 함께 했던 여자

나의 신부요
내친구
여자 김혜경은
나를 살게해준 태극의 귀인이다

생사역경의 풍랑이
휘몰아치는 바다에서
끝끝내 내손을 놓치 않았던 여자

내어머니
엄마
여자 구호명은
나를 지켜준 천을의 귀인이다

봄 여름 가을 겨울

끝도 없이 날아든 독화살을
함께 맞아준 동지들.
동지 이선종.정원스님은
나 대신 눈물꽃으로 산화하였다

내 절명의 목숨 매 순간
목숨을 던져 나를 지킨
이름없는 이름들.이재명들은
나를 건져준 수호의 귀인들이다

나 이재명은
내가 나를 지켜낸 목숨이 아니다
아내.어머니.동지들
셀 수 없는 귀인들이 스스로 이재명이 되어
이재명을 지켜왔다

이제
대동세상의 반듯한 문 앞에 섰다
내 삶의 전부인
이재명들과 함께

나를 살게한

나를 슬프게했던

이재명들과 함께

#이재명삶의전부_이재명들

이재명이 이재명에게

그대 이재명
내가 이재명이요

내가 죽을 때
훗날 다시 태어나 나라를 일으킬 때
수십만 명의 이재명이 되어
나라 바로 일으킴의 수호신이 되리다고 전하고
숨을 거두었소

내가 내 얼굴을 그대에게 씨앗 심었고
내가 내 말을 그대 가슴에 전했고
내가 내 눈물을 그대 눈에 흐르게 두었고
내가 내 간절함을 그대 마음에 오롯한 촛불로 타오르게 했
고
내가 내 이웃을 그대 이웃들에게 친구되게 했고
내 충심을 그대에게 그대로 혼을 심었소

대한민국은 태어나면
그냥 살고 성취하고 죽는 상심傷心의 땅이 아니오
대한민국은 누구든 태어나면

자유민주주의를 맘껏 호흡하는
생명의 땅이요, 이화梨花의 땅이요

내 죽을 때 염원이
염화拈花되어 그대 손에 쥐어졌소

그대여
나 자신이여
울지 말고 울어라

내가 그 눈물을 흐르게 했으며
내가 그 눈물을 거두리

#내가이재명이다

이재명 넘어 쓰리랑

아리아리랑 쓰리쓰리랑 아라리가 났네
아리쓰리 이재명이 끝고개를 넘어간다

나라 안팎 문드러질 때 쓰리쓰리가 났네
이재명이 촛불시민이 끝고개를 넘어가네

단군이래 동학이래 삼일운동이래
천주자주 민주주인이 우리라고 외치누나

실사구시 이재명이 쓰리쓰리가 났네
좌우협공 백작공작 말짱도루묵이네

나라적폐 끝장내어 쓰리쓰리가 났네
억강부약 대동세상 대동혁명하라

아리아리랑 쓰리쓰리랑 아라리가났네
이재명이 이재명들이 잘도 넘어가네
굽이고개를 고개고개를 넘어 쓰리랑가네

아리아리랑 쓰리쓰리랑 이재명 아리랑

아리아리랑 쓰리쓰리랑 이재명 쓰리랑

#엄마품_이재명넘어쓰리랑

페이스북 친구들의 반응

함께 해 주셔서 언제나 감사합니다.

(이재명. 내가 죄인이제)

감사합니다. 함께 가요.

(이재명. 어느 혜경궁 김씨의 가을아침)

담담히 담휘의 글로 작사한 재미아리랑. 담휘님은 이상적인 지지자라 할 수 있다.

(박기문. 이재명 아리랑)

담휘님 시집 베스트셀러! 팝콘각!

(로렌스.유정유상 무정무상 2)

이재명의 인생 여정이 그려진 멋진글

(황도희. 이재명 아리랑)

최고의 작품

(JW Lee. 이재명 아리랑)

아흐 눈물이… 감동입니다.

(Neon Min. 니는 내가 닦아줄끼다)

여보 일어나셔야지요.

일어나셔서 뚜벅뚜벅 앞장서세요.

(이정희. 어느 혜경궁 김씨의 가을아침)

시대를 초월한 혜경궁의 한

(박기문. 어느 혜경궁 김씨의 가을아침)

악마들의 만행으로 원통하고 한맺힌 대사건. 이재명, 김혜경을 응원
합니다. 함께 하겠습니다

(박병호. 어느 혜경궁 김씨의 가을아침)

명문입니다.

(김교진. 이재명의 눈물)

문무백관을 통솔하여 초인류국가를

(김상하. 무상심심미묘법)

내가 꿈꾸는 나라~

(김현란. 이재명의 꿈)

정신이 하나도 없게 만드는 페북계의 동방불패

(김식)

심오하다 못해 가슴에 전율이 흐르네요. 하날히 브리시는 분 만나러
가야겠네요.

(황도희. 하날히브리시니)

시인의 아침 목소리는 우매한 민중을 깨우는 외침이더라.

(박성철.족쇄가 나비되어)

지금으로선 유일한 대안

(송우진. 쓰레기)

이재명 시대의 서막을 노래한 시.

(서윤원. 샛바람)

재맹이 어무이요. 재맹이 팔이 피지게 자알 보살펴주이소.

(황도희. 내가 죄인이제)

마치 지사님의 일기를 읽는듯하다

(JW Lee. 푸른 새벽별)

구절구절 짠합니다.

(윤병선. 푸른 새벽별)

천명을 누가 거역하리.

(박성철. 부활 이재명)

큰길을 열어가는 자. 캬아~

(윤승보. 곡산검법의 칼날)

혁명은 시작됐다.

(노형섭. 대한민국 혁명하라)

이것은 소리 없는 아우성~

(박상진. 명태같은 재명)

먹먹하다

(송우진. 이재명디딤아리랑)

새 시대를 여는 혁명의 교본이 되리라.

(조봉현. 촛불디딤혁명광시곡)

그림 솜씨는 피카소가 울고 가고 글재주는 박노해를 뺨치도다.

(박성철. 촛불디딤혁명광시곡)

작품에 혼이 느껴진다.

(조봉현. 촛불디딤혁명광시곡)

어찌 이리 글을 잘 쓰실까요.

(이니그마. 사랑은 그저 사랑이다)

이제 하산하시게. 득도경지를 득한 듯.

(조봉현. 사랑은 그저 있음이다)

역사의 하이라이트와도 같은 시간대를 우리는 함께 보내고 있군요.

(JW Lee. 시간)

하~언어의 마술사다.

(김관수. 운명)

담휘 님의 글은 가슴으로 읽어야함

(JW Lee. 깊은 사람)

우주와 인간 창조와 본체를 관통하는 beautiful poem! wonderful!

(임공휘. 사랑)

사부가~!

(박기문. 애비다 재명아)

뭉클!

(송우진. 니눈물은 내가 닦아줄끼다)

시를 읽어보고 실화인 듯 느꼈습니다.

(공영철. 이재명이 이재명에게)

지사님 이 글 보면 울겠다.

(조봉현. 니눈물은 내가 닦아줄끼다)

성남지청 집회당시 가슴 뭉클했던 비슷한 글 낭독 기억 있는데 혹
님이었나요? 그 날 얼마나 울었던지…

(황예진. 니눈물은 내가 닦아줄끼다)

먹먹합니다. ㅠㅠ

(정지영. 니눈물은 내가 닦아줄끼다)

심연같은 태음의 어둠을 지나 동쪽 하늘의 여명을 밝히는 태양용트
립이 그윽하구나.

(임정배. 진혼)

담휘 님의 이재명에 대한 깊이 있는 마음에 박수를 보냅니다.

(서윤원. 깊은 사람)

담휘 님의 눈물을 하늘에서 은쟁반에 담고 계실 겁니다.

(JW Lee. 슬퍼한 자는 복이 있나니)

아름다워~ 넌 시인이야.

(임공휘. 슬퍼한 자는 복이 있나니)

담휘의 시에는 이재명의 고뇌가 느껴진다.

(황도희. 인연)

블랙홀처럼 빠져드는 시!

(JW Lee. 아리아리랑)

난 다뮈빠다.

(김식. 대한민국 혁명하라)

대한민국 혁명하라

(서은하. 끝나지 않은 우리들 이야기)

비나이다 비나이다. 이재명을 모함하는 왜수구꼴통 수박들을 일망타진할 수 있는 지혜를 주옵소서~

(장경. 북두칠성)

북두의 별이 빛나는 밤. 북두신권으로 악의 무리 박살내는 우리의 영웅을 기다린다.

(조봉현. 북두칠성)

혁명하라 임경업 장군의 천하제일검을 하사하노라.

(임공휘. 하늘꽃같은 무사)

이재명과함께 대동세상 통일대한민국건설!

(장경. 디딤넘어 대동혁명하라)

시인이세요? 화가같기도. 내공이 꽉 차 있습니다.

(Kenny Hur. 가을)

뭇지다 역시~

(윤승보. 새날)

대한민국 혁명하라! 국민만 보고 나가라
멈추지 마라. 전진전진 진군하라.

(서윤원. 빛을 되찾다)

진리를 말하는 친구. 넘 멋지다.

(JW Lee. 유정유상 무정무상 3)

이제 청와대로 가자.

(도재삼. 이재명 아리랑)

대동혁명 이제 시작이다!

(황도희. 이재명 아리랑)

새로운 대한민국 이재명이 합니다!

(이정민. 함께 아리랑)

정상까지 대동단결!

(장경. 함께 아리랑)

집단지성을 믿고 앞만 보고 가시라. 우리가 함께 할 것이다.

(서윤원. 함께 아리랑)

치열했던 남자!

(지상낙원. 함께 아리랑)

이재명을 대통령으로~

(강주현. 함께 아라랑)

정상에서 만나보세~ 대동 깃발들고~

(조봉현. 함께 아리랑)

이재명은 합니다!

(김용규. 함께 아리랑)

시대의 연꽃 이재명!

(김성중. 기쁠 때 아프다)

김대중은 인동초. 이재명은 질경이!

(장경. 기쁠 때 아프다)

이재명을 응원합니다!

(이재승. 기쁠 때 아프다)

대동혁명!!!

(공영철. 기쁠 때 아프다)

우주까지 활짝 상생의 꽃을 기다리며. 승리의 그날까지 파이팅합시다!

(황도희. 기쁠 때 아프다)

이재명을 너무나 간절히 사랑한 동지의 애련한 심정은 읽는 이로 하여금 눈물샘을 자극시키기에 충분한 심금입니다. 이재명을 매개로 함께하는 동지임이 자랑스럽습니다. 김담휘 동지

(장경. 니눈물은 내가 닦아줄끼다)

엄니가 천하 대명당에 들어가셔서 마지막 남은 혼신의 힘을 보내고 있다고 전해 주세요.

(박희열. 니눈물은 내가 닦아줄끼다)

엄마. 우리 엄마! 엄마. 되내임만으로 힘을 얻습니다. 나중 나중에 엄마 만나는 날 울재명이 잘했꼬마! 들을 껍니다. 그렇게 될 수 있도록 우리 모두 다함께 해낼 것입니다.

(이경란. 니눈물은 내가 닦아줄끼다)

아! 눈물 나게 아름다운 세상입니다.

(정문일. 니눈물은 내가 닦아줄끼다)

가슴을 치네요. 모성애 그 큰사랑!

(임공휘. 니눈물은 내가 닦아줄끼다)

가슴이 아련하고 눈물납니다. ㅠㅠ

(공영철. 서시)

애잔해서 눈물이 납니다~ 감동감동 감동입니다.

(이정민. 니눈물은 내가 닦아줄끼다)

사람이 사람다워야 한다는 말은 극히 고루한 얘기지만 우리가 지켜야 할 가장 중요한 덕목이다. 담휘 님의 서시를 읽다 보면 사람답게 사는 것이 어떤 것인지를 잘 알 수 있다

(한광운. 서시)

혼을 부르는 듯한 애달픔이 지사님 어머님으로 빙의하신 것 같습니다.

(이원자. 서시)

우리 지지자들의 마음이 곧 이재명 어머님(구호명 여사님)의 마음일 것 같아요.

(황도희. 서시)

담휘 님 시를 보고 있노라면 길동이 서자 아픔을 딛고 나가는 결연함이 있나 싶더니 이태백이 술잔에 달을 담아 마시더라 길동이와 이태백이 한날 거닐다 가시더라.

(박희열. 쓰레기)

담휘 님은 친구들의 의식을 높이는 준비된 혁명군!

(JW Lee. 꽃피어남)

죽을힘을 다해 살아왔고, 죽을힘을 다해 싸워 왔고, 죽을힘을 다해 버터 왔고, 죽을힘을 다해 실천해 왔다. 이 모든 것을 불태워 새로운 대한민국~ 대세동세상 이루고자 하오.

(서윤원. 이재명이 이재명에게)

너무나 감동적인 글입니다.

(한광운. 이재명이 이재명에게)

백년 전에도 백년 후에도 그의 사명을 잊지 않고 적폐를 부수는 이재명.

(JW Lee. 이재명이 이재명에게)

이재명 지사님이 대한민국의 희망이며, 담휘님의 글은 마음의 등불입니다.

(공영철. 이재명 아리랑)

담휘 님의 온라인시집을 보며, 구구절절 재미를 향한, 아니 우리를 향한, 국민을 위한 혁명적이고 서사적인 모습을 보여주니, 이 시집으로 천명에 따른 재미의 개벽이 허용되면 억강부약하고 대동사회를 만드는데, 밑거름이 되기를 바래본다.

(박기문. 이재명 아리랑)

멋진 아리랑이군요. 이재명이 민족의 아라리입니다.

(Ha Jang Kim. 이재명 넘어 쓰리랑)

이재명 아리랑 좋으네여~

(임수빈. 이재명 넘어 쓰리랑)

담휘 님, 밤하늘에 별을 지나 새벽이 오는 거리에 마주치는 아름다움가터요~

(서관중. 이재명 넘어 쓰리랑)

이재명을 너무나 간절하게 사랑하는 담휘의 마음은 '인중천지일' 부처입니다.

(장경. 이재명 아리랑)

이재명 아리랑 최고입니다.

(김귀봉. 이재명 아리랑)

이재명 고난과 역경을 숨소리마져 느끼며 쓰여진 시. 접할 때마다

감동이며 눈물이었네요.

(서윤원. 이재명 아리랑)

어찌 이리 멋지신지요.

(서승희. 이재명 아리랑)

담휘 님의 예쁜 시집 축하하고 축복받기를 기원합니다.

(성병천. 이재명 아리랑)

절절한 글귀가 너무 좋아요.

(임수빈. 이재명 아리랑)

담휘 혼이 담긴 지지와 사랑이 담긴 시
이재명 행복한 사람~

(서윤원. 이재명 아리랑)

가슴으로 쓰고, 마음으로 읽는 시! 아리랑 열두 고개를 넘어가는 고뇌하는 이재명을 알리는 계기가 되기를 바래봅니다.

(황도희. 이재명 아리랑)

미완성의 역사에서 이상적인 세상의 역사를 이루어가는 이재명. 난 숨을 거두었지만, 다시 환생하여 민족 염원의 눈물을 이재명을 통해 거둘 것이다.

(독립투사 이재명. 이재명이 이재명에게)

시인의 말

온전히 나 자신에게 취했던 시간.

온전히 내게 주어졌던 삶을 보는 허락된 시간.

온전히 세상과 나를 함께 들여다본 시간.

온전히 그를 보고자 했던 내 맑은 해석과 열정의 시간.

온전히 그녀와 우리네 어머니, 아버지를 추억케한 사람 냄새 진하게
풍겼던 시간.

그리고 온전히

하늘빛, 대지의 빛, 옥빛 바다, 투명한 바람, 자유 그 방랑의 구름, 영
혼의 별빛을 받아드리려 했던 시간.

무엇보다

어디로 갈 것인가의 깊은 마음을

그러한 빛을 머금은 내가

성장한 시간이었다.

첫 시집의 깨끗한 첫 마음이 그러했다.

고통과 희망을 노래하게 해 준

이재명과 또 다른 이재명들과

노래 부를 수 있게 재능주신

하늘에 계신 아버지께 첫 시집을 바친다.

2021년 10월의 마지막 언덕에 서서

대동세상 첫아리랑을 꿈꾸며